KB117501

*Names*

이름들

정다정

# 차례

1      수요일      *9*

2      이름들      *17*

3      선생님      *29*

4      문      *45*

5      동지      *59*

6      미래      *77*

7      모양      *87*

* 작가의 말 *107*

# 1

수요일

진수는 폐가 체험을 다니던 남자를 만난 적이 있
다. 성실한 사람이었다. 성실하게 회사에 다니고, 고
양이도 세 마리나 키웠다. 쳇과 빌, 밥이었다. 진수
는 그 이름이 불공평하다고 생각했다. 쳇을 부를 때
는 늘 푸념하는 듯 부르게 되어서, 상냥하게 부르려
고 해도 어쩐지 쳇은 상냥하게 발음하기가 어려워
서. 세 이름은 그가 좋아하는 뮤지션의 이름에서 따
온 것이었다. 그는 일도 성실하게, 고양이 키우기도
성실하게, 취미도 성실하게, 연애도 성실하게 했다.
진수는 그를 '역세권'이라고 불렀다. 역세권의 신축
빌라에 살고 있었고, 역세권의 사무실로 출근했다.
역세권의 사나이. 로얄캐슬이라는 이름의 빌라 203
호에 살았다. 맞다. 203호에는 적당한 양의 책과 지
나치게 많은 LP와 이상할 만큼 많은 컵이 있었다.

　　그는 매달 셋째 주 토요일이면 폐가에 다녀왔다.
그런 날이면 진수는 203호의 쳇과 빌과 밥에게 밥
을 주러 갔다. 그리고 이상할 만큼 많은 컵들을 씻
고 닦으며 그를 기다렸다. 여기저기 퀴퀴한 냄새를
묻히고 돌아온 그를 꼭 안아주고 싶었지만, 그는 늘
먼저 어깨를 털고 소금을 뿌려달라고 했다. 진수는

기꺼이 어깨를 털어주고, 현관에 놓인 소금을 뿌려
주었다. 둘 사이에 귀신이 있는 우습고 오싹한 상상
을 하며 성심성의껏 털고 뿌렸다. 지나치게 많은 LP
와 적당한 책 옆에 나란히 누워 오늘의 폐가 이야기
를 했다. 마이클 프랭스의 노래를 들었다. 역세권은
마이클 프랭스의 노래가 가장 양기가 가득해서 좋
다고 했다.

"진수야, 폐가라는 거 말이야. 정말 완벽한 폐가가
되기란 어려운 거야."

그가 37번째 폐가에 다녀온 뒤에 한 이야기였다.

완벽한 폐가가 되려면 몇 가지 조건이 필요해. 집주
인이 어떻게든 사라져야 해. 집을 버리고 어디로 떠
나던지, 죽던지. 그런데 아무도 그 집을 쓰려고 하는
사람이 없어야 되는 거야. 이렇게 집이 비싼데, 아
무도 공짜로도 쓰기 싫어져야 하는 거지. 아니면 누
가 쓰기로 했는데 어떤 피치 못할 사정이 생겨서 또
집을 버리고 사라지게 되는 거지. 그렇게 집은 계
속 그 자리에 있는데 아무도, 아무도 그 집을 원하

지 않고 1년, 2년, 10년이 지나는 거야. 여기서 중
요한 건 사연이야. 사연이 있어야 완벽한 폐가가 될
수 있어. 누가 죽었다든가, 병원으로 썼다고 한다든
가. 정신병원 같은 데가 제일 좋은 조건 중 하나야.
그리고 안에 제법 무서운 물건들이 있는 거지. 사진,
인형, 노트 같이 정말 사람들이 쓴 물건, 사람의 기
운이 있는 물건. 이게 다 충족되면 게임 끝인 거야.

진수는 고개를 작게 끄덕였다. 마이클 프랭스의 '쿠
키통이 비어 있을 때'를 듣고 있었다. 그리고 아무
도, 아무도 찾지 않은 집을 생각했다. 하루, 일주일,
한 계절, 1년을 생각했다. 역세권에게 들키지 않게
203호가 폐가가 되는 상상도 했다. 내가 여기를 떠
나고, 쳇과 밥, 빌도 떠나고, 역세권도 또 다른 역세
권으로 떠난 후의 203호는 폐가가 될 수 있을까. 아
무래도 너무 많은 컵 때문에 사연은 있어 보이겠다
고 생각했다. 갈증이 났다. 옆에 놓인 작고 얇은 물
컵을 들어서 물을 마셨다. 소금이 몇 알 떨어져 있
었는지 짠맛이 났다. 머리맡에는 쳇이 숨소리도 내
지 않고 앉아 두 사람을 내려다 보고 있었다.

'쳇. 모두가 떠나고 여기가 폐가가 되면 너는 다시 돌아올 거니.'

쳇은 이미 모든 것을 알고 있는 자세였다.

　꿈을 꿨다. 수요일이었다. 그다음 날도 수요일이었다. 또 그다음 날도 수요일, 매일이 수요일인 꿈이었다. 군이 이름을 붙인다면 무한 수요일의 꿈이 될까. 꿈에서 진수는 늙지도 않고, 무한히 수요일만 계속되는 날을 보냈다. 달력에는 하나의 요일밖에 없었고, 누구도 요일을 묻지 않는 세계였다. 어느 날 누군가를 붙잡고 월요일을 아느냐고 물었다. 아무도 몰랐다. 화요일도, 목요일도, 금요일, 토요일, 일요일도 아는 사람은 없었다.

일요일을 모른다고 대답한 누군가에게 진수는 조용히 고백했다. 나는 사실 요일이 일곱 개나 되는 세계에서 살았어요. 이건 정말 이상한 일이에요. 어떻게 수요일밖에 없을 수 있죠. 일요일을 모르는 사람은 웃으며 조용히 대답했다. 그렇군요. 요일이 일곱 개나 되는 세상은 꽤나 복잡했겠네요. 우리에게는 수요일만 있는 것이 당연하고, 정상이니까요. 상상도 할 수 없군요. 다른 요일이 있다니, 그거야말로 이상한 일이군요. 진수는 그 대답에 그렇다면, 수요일밖에 없는 것이 정상인 세상이라면 왜 요일이 있는 것이냐고 묻고 싶었지만, 꾹 눌러 참았다. 이건 꿈이고, 꿈이라면 물어도 소용없는 질문일 거야.

10년 동안의 수요일이 지나고, 일곱 개의 요일이 있던 세상의 기분은 희미해졌다. 옅게 남아있는 화요일을 생각했다. 화요일, 화요일 아침, 화요일 오후, 화요일 밤.

785년째 되는 수요일에 겨우 꿈에서 깰 수 있었다.

꿈에서 깨니 기적적으로 목요일이 기다리고 있었다. 진수는 조금 늙은 듯한 기분을 느꼈다. 아니, 낡은 듯한 기분일까. 분명히 무엇인가 변했다. 꿈에서 785년이나 보냈으니 당연히 변할 수밖에 없는 거겠지. 785년은 아무래도 너무 길었다고 생각하며 웃었다.

그리고 어제가, 785년 동안 계속된 요일이 무슨 요일인지 더이상 알지 못하는 사람이 되어 있었다.

2

이름들

이름들은 사라지고 있었다. 이름들은 방에서도 거실에서도 지하철에서도 에스컬레이터에서도 카페에서도 사라지고 있었다. 이름이 사라지는 순간은 아무도 알 수 없었다. 사라진 후에, 이름을 찾아야만 하는 일이 생겨야만 알 수 있었다. 이름이 사라졌다는 사실은 너무 쉽게 알아차릴 수 있거나 좀처럼 알아차리기 어려웠다.

진수가 '수요일'이 사라졌다는 사실을 안 순간은 '수요일'이 사라진 지 열흘이 지난 후였다.
진수가 '역세권'이 사라졌다는 사실을 안 순간은 '역세권'이 사라진 지 23일이 지난 후였다.
진수가 '잉마르 베리만'이 사라졌다는 사실을 안 순간은 '잉마르 베리만'이 사라진 지 65일이 지난 후였다.

어떤 이름은 사라졌다는 사실을 알 수 없었기 때문에 사라지지 않은 채로 있기도 했다. 그런 이름들의 자리는 폐가와 같았다. 이름들을 발음해줄 사람은 그 자리를 찾아올 수 없었고, 이름들은 각자의 사연을 갖고 있었기 때문에. 각자의 사연이 이름의 자리에서 흔적을 만들어내고 있기 때문에.

진수는 문득 아무런 말도 하지 않지 않고 보냈던 이틀의 일을 생각했다. 파주, 파주를 발음하며 떠올렸다. 합정에서 어색하게 2200번 버스를 타고, 어색하게 2층으로 올라서서 앉았을 때, 진수는 하루하고도 여섯 시간 째 말을 하지 않고 있었다. 말을 하지 않게 된 이유는 말을 거는 사람이 없었기 때문인데, 말을 거는 사람에게 다가가지 않았기 때문이기도 했다. 파주에서의 하루 동안도 역시 말하지 않을 수밖에 없었다. 진수가 간 장릉에는 아무도 없었다. 장릉을 둘러서 걷는 숲길에도, 벤치에 앉아 있던 두 시간 삼십 분 동안에도 아무도 나타나지 않았다. 진수는 듬성듬성 있는 벤치에 앉아서 아무도 찾지 않는 이 세계문화유산에 대해 생각했다. 인조의 릉. 인조가 어떤 왕이었더라. 아무래도 좋은 왕은 아니었던 것 같다. 슈만의 숲의 정경을 듣고 있던 두 시간 하고 삼십 일 분 째에 누군가가 기합 소리와 함께 장릉에 나타났다. 진수는 여전히 말없이 벤치에 앉아 있었다. 기합 소리와 함께 나타난 사람은 체조를 하며 장릉을 돌기 시작했고, 그 역시 장릉에 아무도 없으리라 생각하고 있는 듯했다. 진수는 아무도 없던 두 시간 삼십분에도 실은 누군가가 있었던 것은 아닐까. 말이 없어서 서로가 있다는 사실을 몰랐을 뿐이 아닌가. 그럼 있다는 사실을 모른다면, 그건 결국 없는 거나 마찬가지가 아닐까 생각했다. '모른다' 와 '없다'는 같을 수도 있다. 말하지 않은 채로 있고자 하면 말하지 않을 수 있듯이, 모른 채로 있고자 하면 없어질 수 있다. 그런 생각을 했다. 파주의 장릉에서.

정말 말을 하지 않는 동안 어떤 작용에 의해 이름들이 사라질 수도 있을까? 말을 하고 싶지 않다는 마음이 어떤 것도 부르고 싶지 않게 만들 수도 있을까? 어떤 것도 부르지 못하게 된다면 시를 쓸 수 있을까? 진수는 앉아서 거실을 채운 식물들의 이름을 하나씩 부르며 확인했다. 시서스 아이비, 필로덴드론, 플로리다 뷰티, ……., 아단소니, 여인초, …… , 테이블 야자. 여인초와 키를 맞대어 보며 풍수지리를 생각했다. 아니 풍수지리 이야기를 좋아하는 친구에게 들은 이야기를 생각했다. 이야기의 이야기. 그런 셈이구나. 생각하며 친구의 목소리를 떠올렸다.

'풍수지리상 집에 있는 식물들이 사람보다 큰 것은

좋지 않대. 사람 키보다 더 높이 있는 것도 좋지 않고. 그럼 키가 큰 사람만이 큰 식물을 키울 수 있는 거야? 그렇지. 넌 키가 작으니까 키가 작은 식물만 키워야 운의 흐름이 좋아질 거야.'

여인초의 키는 아무래도 진수의 키보다는 커 보였다. 운의 흐름이 좋지 않아서 이름들이 사라지고 있는 것이라면 여인초를 잘라내면 되는 그런 문제일까. 아무래도 그런 문제로는 보이지 않았다.

"미래야 네 말대로 식물의 키가 크도록 뒀더니 내게 좋지 않은 일이 일어난 것 같아."
"무슨 일이야?"
"이름들이 사라지고 있어. 있던 이름들이 없어졌어. 아니 정확히 말하면 없어진 건 아닌데."
"말도 안 되는 소리. 정신이 없다 보면 평소에 잘 알던 단어가 기억이 안 나곤 하지. 그런 거 아니겠어? 스트레스성 그런 거? 병원에 가봐. 현대인 만병의 근원은 스트레스야, 스트레스. 이건 엄연히 풍수지리상 문제와는 달라."

친구의 메시지를 읽으며 진수는 모든 이름들이 제자리에 있음에 안도했다. 그리고 정신이 없을 만큼 바쁠 일이 없다는 사실을 되새겼다. 스트레스를 받을 만큼의 사건이라곤 진수에게 일어나지 않고 있었다. 그렇지만 친구의 말대로 현대인이 병원을 찾는다면 열에 아홉은 스트레스 때문이다. 그리고 이 일은 병원을 찾을만한 일이다. 진수는 지도 어플에 들어가 '정신의학과'를 검색했다. 예약 필수. 당일 진료 불가. 초진 시 예약 필수. 예약을 하지 않고 갈 수 있는 정신의학과를 찾는 일은 생각보다 쉽지 않았다. 어렵게 찾은 당일 진료가 가능한 정신의학과는 번듯한 새 아파트 단지의 상가에 있었다. 진수는 어플에서 보여주는 병원의 별점에 마음이 움직였다. 간호사 선생님이 무척 친절합니다. 간호사 선생님 때문에 가는 병원! 간호사님의 친절함에 눈물이 쏙 들어갔습니다.

병원을 찾아가기는 쉽고도 어려웠다. 상가의 어떤 입구는 주민들에게만 허용되는 입구였고, 어떤 입구만이 주민이 아닌 사람들에게도 허용되는 입구였다. 진수는 입구를 찾아 10여 분을 헤매야 했다.

병원은 제법 착실한 모습을 하고 있었다. 병원 앞을 가장 크게 채우고 있는 문장은 이러했다. '불면증에 시달리시나요?' 그래 현대인은 누구나 너무 적게 자지. 개업 화분이었을 화분들도 눈에 들어왔다. 진수는 이 착실함이 마음에 들었다.

"저희 병원에 처음 오셨나요?"
"네. 처음입니다."
"앉아서 이 검사지만 작성하시고 들어가실게요. 간단하니까 금방 하실 수 있어요."

진수는 자리에 앉아 어플의 후기들을 떠올렸다. 정말로 친절하시구나. 할 수 있다. 금방 할 수 있다. 그게 뭐가 되었든 나는 금방 할 수 있는 사람이다. 검사지는 정말로 간단하지 않았다. 나는 어머니와? 모녀 관계다. 나는 아버지가? 좋기도 싫기도 하다. 그런데 사람은 누구나 다 좋기도 하지만 싫기도 한 것 아닌가? 이렇게 쓰기에는 칸이 좁았다. 좋기도 싫기도 하다. 나는 어린 시절에? 평범한 어린이였다. 나는 내 자신이? 역시나 좋기도 싫기도 하다. 나도 사람이니까. 마냥 좋거나 싫을 수는 없지 않나. 물음표가 오는 자리마다 진수는 할 말이 너무 많아지거나 너무 없어졌다. 적절히 타협하며 쓴 검사지는 훌륭하게도 평범한 단어와 문장으로 채워졌다. 누구도 이 검사지에 의문을 제기하지 못하리라. 진수는 그런 검사지의 번들번들함이, 재미없는 표본 그 자체의 상태가 자신의 얼굴과 닮아 보였다.

"안녕하세요. 잘 오셨습니다."
"네, 안녕하세요."
"어쩐 일로 오셨을까요? 검사지를 훑어봤을 때는 특별히 읽을 수 있는 것이 없네요."
"그…… 단어들이 생각나지 않아서요."
"말을 하려고 하면 깜빡깜빡하시는 건가요?"
"예를 들면 수요일을 알 수 없어요."
"지금 수요일이라고 말했잖아요. 알고 있네요. 수요일."
"아뇨. 수요일이라고 말을 할 수는 있는데 그게 어떤 뜻인지 모르겠다는 거예요."
"어제잖아요. 수요일."
"어제는……어제인데…… 그러니까 그 요일을 알 수가 없다는 거예요."
"화요일의 다음 날. 수요일. 정말 모르시겠어요?"

"네."

"잠은 어떻게 주무시나요?"

"많이 자기도 하고 적게 자기도 합니다."

"식사는 제때 하시나요?"

"일 때문에 제때 하지 못하지만 배가 고프면 먹습니다."

"말씀하신 증상을 아직 제가 정확히 이해하지는 못
했지만, 우울증이 심하면 일시적으로 단어들을 잊
어버리기도 해요. 다행히 그 외에는 증상이 없으니
심한 우울증은 아닌 것 같습니다. 밖에 대기하는 사
람들 보셨죠? 많죠? 다들 가벼운 우울증 정도는 달
고 사는 시대입니다. 걱정 마시고 처방해드리는 약
드시면 얼마든지 완쾌할 수 있습니다. 약 드시면서
증상들 잘 기억해두셨다가 다시 봅시다. 일주일 뒤
에 뵙겠습니다."


　　병원을 나와 진수는 아파트 단지 안의 산책로를
걸었다. 아파트 단지의 조경은 놀라웠다. 분수에서
는 맑은 물이 솟아나고, 나무들은 둥글거나 각진 모
양을 하고 있다. 진수는 이 아파트의 번듯함에 위안
을 얻었다. 산책하는 개와 사람들을 본다. 대체로 사
람들의 걸음과 잘 맞춰 걷는 개, 또는 개의 걸음에

잘 맞춰 걷는 사람이다. 상가의 약국은 좁았다. 약국
은 소아과 옆에 있었다. 약국에서 만난 어린이와 눈
이 마주쳤다. 눈으로 크게 웃었다. 웃음을 잘 보여
주기 위해서는 입도, 뺨도, 코도 필요하다. 입과 뺨
과 코를 대신하여 눈으로 웃었다. 누군가가 어린이
와 눈이 마주치면 꼭 웃어주라고 했던 말을 기억해
냈다. 누군가가 누구인지 전혀 알 수 없고 누군가가
누구인지 중요하지 않다. 그래 중요한 것은 없다. 중
요한 것이 없다고 생각하면 괜찮아질 것이다. 누군
가가 누군가여도 괜찮을 것이다.

3

선생님

오후, 진수는 이름들이 제자리에 있는 것을 하나하나 확인하며 걸었다. 아무래도 이상한 일이 일어나고 있다. 그렇지만 일상은 일상이라는 이름의 몫을 제대로 하고 있다. 일을 해야 하고 돈을 벌어야 한다. 시를 써야 한다. 시를 쓰려면 제목이 필요하다. 제목에는 명사가 필요하다. 형용사만으로는, 동사만으로는 어떤 것도 이뤄지지 않는다. 상태만이, 상태만이 지속될 뿐이다. 마신다. 무엇을? 간다. 어디로? 아름답다. 무엇이? 물음표가 늘어날 것이라는 예감이 진수를 강하게 휩싸았다. 물음표의 세계에서는 어떤 정답도 정답의 형태를 하지 못할 것이다. 물음표에 대한 물음표만이 계속될 것이다.

"사장님, 사장님도 이름들을 까먹곤 하시나요?"
"이 나이에는 그렇지."
"제 나이에 그러면 이상한 일이겠죠."
"이상한 일은 아니지만 딱한 일이지. 이름을 한참 많이 알아가는 나이 아닌가. 자네는."

사장님이 '자네'라고 할 때마다 진수는 덩달아 늙은 사람의 기분이 들고는 했다. 역시 딱한 일이구나. 사장님의 나이가 되면 얼마나 많은 이름들을 알게 될까 부러워하던 때를 생각했다. 진수는 처음 이 카페에 왔던 날을 떠올렸다. 일흔은 되었을 법한 사장님이 느긋이 내려주는 르완다를 마셨다. 르완다가 이달의 커피였던가. 사장님은 정말로 이름들을 많이 아는 사람이었다. 많은 이름들이 찾아왔다. 테라스 자리에는 이름들이 조용히 앉아 이달의 커피를 마셨다. 이름들은 서로를 선생님이라고 불렀다. 실제로 선생님들이기도 했고, 서로를 부를 마땅한 호칭을 찾지 못했기 때문이기도 했다.

진수는 컵을 닦으며 이름들이 쏟아질 목요일 독서 모임을 생각했다. 더 많은 이름들을 알기 위해서 꾸역꾸역 나가고 있던 독서 모임에는 진수의 기대대로 늘 이름들이 오갔다. 어떤 날은 그 이름들로 시를 쓰기도 했지만, 대체로 마음에 드는 이름을 찾기 어려웠다. 꾸역꾸역. 나가야 하니까 나가는 것이 진수는 대체로 자신이 하고 있는 일들과 닮았다고 생각했다. 돈을 벌어야 하니까 돈을 번다. 웃어야 하니까 웃는다. 건강해야 하니까 건강하다. 써야 하니까 쓴다. 아니다. 아무도 쓰라고 한 사람은 없으니 써야 한다는 건 역시 오만한 착각이다. 진수는 '오만한'이라는 형용사가 자신과 얼마나 어울리는지 혹은 어울리지 않는지 한동안 생각했다. 누구나 조금씩은 오만할까. 사람은 다 알 수 없는 일 앞에서 누군가는 겸손히 굴 수 있을까.

　이동진 씨가 영화 '레네트와 미라벨의 네가지 모험'을 이야기했을 때, 진수는 '레네트'가 사라졌다는 사실을 깨달았다. 레네트, 레네트. 이동진 씨는 이동진 씨와 이름이 정말로 같은 사람이었고, 독서 모임의 모임장으로 독서 모임의 이동진을 담당하고 있었다. 그렇기 때문에 너무 많은 영화 제목과 책 제목, 감독 이름, 작가 이름을 말할 수 있었다. 모임의 다른 선생님들은 이동진 씨가 이동진 씨의 역할을 하는 것을 대단히 멋진 일이라고 생각했다. 진수 역시 대단한 일이라고 생각했다. 이동진 씨가 24시간을 어떻게 쓰고 있는지, 어떻게 그 많은 영화와 책을 볼 수 있는지 생각하면 대단히 부지런한 사람이다. 이동진 씨는 대단한 사람, 대단히 부지런한 사람이라고 생각하곤 했다. 그럼에도 이동진 씨의 이름이 정말로 이동진 씨라는 사실은 마치 대명사를 이름으로 가진 사람, 이름이 대명사인 사람으로 보였기 때문에 웃기다고 생각했다.

"루이스 부뉴엘의 영화를 다들 보셨으면 좋겠습니다."

이동진 선생님이 위의 문장을 말했을 때 누군가는 '역시 이동진 선생님'이라고 작게 말했고, 진수는 아무도 알아차릴 수 없도록 작게 웃었다. 하지만 알아차린 누군가가 있었다. 민수 선생님. 그리고 민수 선생님도 희미하게 웃고 있었다. 서로를 알아차린 이유는 두 사람 모두 아무도 알아차릴 수 없도록 아주 작게 웃고 있었으나 결국 실패하고 한 사람 정도는 알아차릴 만큼 웃고 있었기 때문이었다.

서로를 알아차린 두 사람은 서로의 이름을 생각했다. 민수 선생님. 진수 선생님. 민수 선생님은 도통 알아차리기 힘든 사람이었다. 최소한의 말만 하고 최소한의 소리를 내는 사람. 최소한의 소리를 내기 위해 최소한으로 움직이는 사람. 최소한의 반경 내에서만 알아차릴 수 있는 사람. 희미한 색의 옷을 입고 희미하게 웃는 사람. 진수는 민수 선생님의 희미함에 대해 생각했다. 민수 선생님은 희미해지고 싶은 사람일까. 누가 희미해지고 싶어 할까. 희미해지고 싶은 사람은 어떤 사람일까. 민수는 진수 선생님의 웃음을 생각했다.

"민수 선생님."

민수 선생님의 희미해져 가는 뒷모습이 이름을 부르자 또렷해졌다. 또렷해진 까닭은 민수 선생님이 정확하게 뒤를 돌아보았기 때문이다. 마치 누군가가 자신을 부를 것을 확신하고 있던 사람처럼. 또렷하게 알고 있는 사람처럼. 대답은 하지 않았지만, 대답과 같은 모양으로 서 있었다.

"민수 선생님, 저쪽으로 가시면 같이 좀 걸을까요?"
"네. 저는 괜찮아요."

좋지는 않지만 괜찮다. 아무래도 괜찮을 것 같은 사람. 여전히 희미한 대답과 희미한 걸음을 보며 희미해지기 위해 민수가 들이고 있을 노력에 대해 생각했다. 최소한의 누군가가 되는 일에는 최대한의 누군가가 되는 것보다 틀림없이 더 많은 노력이 필요할 것이다. 이 정도의 노력을 들여서 희미해지고 있다면 이 사람은 정말로 희미해지고 싶은 사람이다.

두 사람이 걷는 골목에 문을 연 가게는 없었다. 문을 연 가게가 없으니 진수는 어쩐지 이야기할 거리를 찾기가 어려웠다. 어두운 표구사와 승복을 파는 가게를 지나 어느 화랑을 지나며 진수는 문, 문에 대해 이야기를 꺼내 보자고 생각했다.

"저 화랑의 문은 지나갈 때마다 보게 돼요."
"특이한 문이죠."
"좀 이상한 문이기도 하고요."
"진수 선생님은 문에 관심이 좀 있으신가요?"

진수는 민수의 질문이 또렷한 모양을 하고 있음에 놀라 민수를 쳐다봤다. 민수는 여전히 희미했다. 문에 관심이 있다라…. 문에 관심이 있는 사람이 있나. 나는 문에 관심이 있다기보다 저 문은 유난히 특별한 문이라서 관심이 있는 건데. 그렇다면 유난히 특별한 것에 관심이 있는 것 아닌가. 진수는 대답하지 않고 잠시 멈춰 서서 문을 다시 바라봤다. 화랑의 파사드는 하얀 암석을 깎아 만든 절벽의 모습을 하고 있었다. 문은 하얀 동굴로 들어가는 입구 같았다. 유리로 된 문 너머로는 대단해 보이지는 않지만, 그럭저럭 멋진 유화들이 나뒹굴고 있었다.

"굳이 이렇게 문을 만들었다니 엄청난 노력을 들였겠구나 생각했어요. 지나갈 때마다."
"진수 선생님, 저는 사실 이상한 문을 찾고 있어요."
"이상한 문이요?"
"네. 이상하고 수상한 문이요."

진수는 다시 문을 봤다. 이상한 문. 수상한 문. 문은 확실히 이상하지만 수상해 보이지는 않았다. 이상한 문을 찾는 일은 멀쩡해 보이지는 않지만, '사실'이라는 단어와 함께 나올 만큼 수상쩍을 일도 아니었다. 진수는 '사실'이 붙은 순간들을 잠시 생각했다.

사실 나는 너를 싫어해. 사실 내가 이걸 망쳤어. 사실 나는 너를 좋아해. 사실 이건 너에게만 말하는 건데.

그래. '사실'하고 시작할 때에는 뭔가 드러내고자 할 때다. 그렇다면 무엇을? 바야흐로 질문이 필요한 시점이었다.

"왜 이상한 문을 찾고 계시나요?"
"저는 아무도 없는 세계로 가는 방법을 알고 있어요."
"아무도 없는 세계요?"

진수는 다시, 뒤를 돌아서 문을 봤다. 그리고 민수를 봤다.

"네. 아무도 없는 세계가 있어요. 분명히. 이 세계와 똑같은 모습을 하고 있지만, 아무도 없으니까 아무도 없는 세계가 되는 것이지요."

민수도 다시, 뒤를 돌아서 문을 봤다. 그리고 말을 이어나가기 시작했다.

"아무도 없는 세계로 가기 위한 전통적인 방법이 몇 가지 있어요."
"전통적인 방법이 있어요?"

"네. 암암리에, 진심으로 아무도 없는 세계로 가고 싶은 사람들 사이에서만 알려진 방법이죠."

진수는 진심인지 아닌지 누가 구분해줄 수 있느냐고 묻고 싶었지만 참고 경청하고 있다는 의미로 고개를 끄덕였다.

"네 가지 방법이 있어요. 첫 번째 방법은 엘리베이터를 타고 18층을 누르고 2층을 누르고 11층을 누르고 5층을 누르고 13층을 눌러야해요. 이건 해봤어요."
"성공하지 못하셨나 보네요."
"네. 서울에서 18층이 넘는 건물에 들어가기가 정말로, 생각보다 정말로 어려웠답니다. 그리고 18층이 넘는 건물에 들어서면 꼭 누군가가 엘레베이터를 함께 타게 됐어요."
"새벽이나 한밤중에 가면 되지 않아요?"
"그건 아무래도 무서워서요. 새벽에 아무도 없는 세계로 가면 아무도 없는 데다가 새벽이기 까지 하다면 무섭지 않을까요?"

진수는 웃었고, 민수는 다시 조금 희미해졌다.

"이런저런 이유로 첫 번째 방법은 실패하셨군요."
"두 번째 방법이 바로 수상한 문으로 들어가는 거예요."
"싱겁네요. 그냥 들어가기만 하면 되나요?"
"들어갈 수만 있으면 됩니다. 하지만 수상한 문이니 틀림없이 호락호락하게 들어갈 수 없을 테죠. 아직 확신을 가질 수 있을 만큼, 확실히 수상한 문을 만나지는 못했어요."

진수는 다시 경청하고 있다는 의미로 고개를 작게 끄덕였다.

"세 번째 방법은 해가 가장 긴 날 정오에 도시의 정중앙에 서 있기."
"서울의 정중앙은 어디인가요?"
"남산 정상 어딘가입니다."
"알고 계시네요! 그럼 성공하셨나요?"
"그럴 리가요. 정중앙. 남산 정상 어딘가에서 완벽한 정중앙을 찾는 데에 실패했어요."

"마지막 방법은 무엇인가요?"

"간판이 거꾸로 달린 가게에 들어가서 「계세요?」를 세 번 외친다."

"네?"

진수는 이번에는 참지 못하고 물음표를 내던졌다.

"「계세요?」를 세 번이나 외치는데도 아무 대답이 없다면 그 순간, 그곳의 시간과 공간은 아무도 없는 세계로 바뀌는 거예요. 아직 간판이 거꾸로 달린 가게를 서울에서 한 번도 보지 못했어요. 그래서 이 방법도 실패입니다."

"실패는 아니지 않을까요? 아직 보지 못했지만, 서울 어딘가에 간판이 거꾸로 달린 가게가 있지 않을까요?"

"실은 「계세요?」를 세 번이나 외칠 자신이 없어서요. 누군가 있다면, 아무도 없는 세계가 아니라면 저는 이상한 사람이 되고 말 테니까요. 저는 아무도 없는 세계로 가고 싶은 사람이지, 이상한 사람은 아니니까요."

민수는 더 희미해졌다. 뒤에 문장을 붙일수록 희미해졌다. 진수는 민수를 희미해지게 만든 평계에 고개를 끄덕였다. 경청의 의미로 끄덕인 것은 아니었다. 동의의 의미로 끄덕인 것이었다. 두 사람은 불이 꺼진 표구사를 두 곳, 세 곳 지나치며 계속 걸었다. 걷다가, 계속 걷다가 진수는 목소리를 내고 싶었다.

"민수 선생님, 저는 사실."

진수는 사실 이 이야기를 하고 싶어서 민수와 걷게 되었음을, 문에 대한 이야기를 꺼냈음을 목소리를 내는 순간 알게 되었다.

"요즘 명사를 잃어버리고 있어요."
"잊어버리는 것과는 다르군요?"
"네, 이건 명백히 잃어버린다고 말할 수 있어요."
"「수요일」이라고 읽어볼 수는 있지만, 저에게 지금 수요일은 「ㅅ,ㅜ,ㅇ,ㅛ,ㅇ,ㅣ,ㄹ」이 모인 발음 그 이상도 그 이하도 아니에요."
"다리가 끊어진 셈이군요."
"다리요?"

"네. 여기 이름의 섬이 있고 저기에는 뜻의 섬이 있고 다리가 이어져 있는 거죠."

"다리가 끊어지면 어떻게 되나요."

"이름의 섬은 이름의 섬으로 남아있고 뜻의 섬은 뜻의 섬으로 남아있지만 둘 사이를 오갈 수 없어질 뿐이죠."

"지금 다리가 끊어지고 있군요."

진수의 머릿속에 섬들이 생겨났다. 수요일의 섬. 화요일 다음 날의 섬. 목요일 전날의 섬. 수요일의 섬은 화요일 다음 날의 섬과 이어진다. 목요일 전날의 섬과도 이어진다. 이어진다. 잇는다.

"다시 다리를 지으려면 섬들이 필요할 테니 섬이 어디 있나 찾아봅시다. 사라진 이름들을 모아봅시다."

진수는 작게 고개를 끄덕였다. 그리고 민수의 옆모습을 봤다. 민수의 옆모습은 다시 또렷해졌다. 분명해졌다. 이내 다시 희미해지고 있었다. 또렷했던 찰나를 기억해야지. 진수는 생각했다.

4

문

이 모든 것은 사실이다. 진수는 스타벅스에 앉아서 메뉴를 읽으며 잃어버린 이름을 찾았다. 오는 길에 산 수첩을 조심스럽게 꺼낸 진수는 다시 메뉴판을 보며 잃어버린 이름을 쓰기 시작했다.

자몽.

빽빽한 메뉴판에서 자몽만이 자음과 모음으로 흩어져 있었다. 그레이프프루트. 어째서인지 영어로는 정확히 알 수 있었다. 진수는 그레이프프루트를 검색했다. '감귤 속에 속하는 그레이프프루트 나무의 열매이다. 이 품종의 원산지는 서인도제도의 자메이카로 여겨진다. 포도와 비슷한 향이 있고 포도송이처럼 달린다. 귤 모양으로 둥글며 지름이 10~15cm이다. 속껍질은 얇고 부드럽다. 과육은 옅은 노란색으로 즙액이 풍부하고 맛은 시면서도 단맛이 강하며 쓴맛이 조금 있다. 분홍색 과육을 지닌 품종도 개발되었다. 대개는 냉동 주스로 가공한다.' 진수는 모든 문장을 놓치지 않고 읽었다. 자몽. 그레이프프루트. 귤 모양으로 둥글다. 시면서도 단맛이 강하며 쓴맛이 조금 있다. 다시 메뉴판을 봤다. 그레이프프루트만이 제자리를 차지하고 있었다. 수첩을 다시 펼쳐 화면 속 자몽을 따라 그리며 진수는 포도 송이처럼 열리는 그레이프프루트를 상상했다.

몸이 들어올 수 있을 만큼만 문을 밀고 들어서는 민수를 보며 진수는 데이브 브루벡, 데이브 브루벡의 이름이 제자리에 있다는 사실을 알게 됐다. 스타벅스와 데이브 브루벡, 데이브 브루벡과 스타벅스는 사이좋게 제자리에 있었다. 지나치게 LP가 많던 집을 잠시 생각했지만 어쩐지 그 집을 떠올리면 쳇과 소금 그리고 건조대 위의 컵들만이 떠다닐 뿐이었다. 쳇, 쳇과 이름을 잃어버린 고양이들을 불러보려 애쓰며 데이브 브루벡의 'take 5'를 따라 불렀다. 이름을 잃어버린 고양이들은 불러낼 방법이 없었다. 로얄캐슬 203호에는 쳇 밖에 없는 셈이 되었다. 진수는 쳇 밖에 남지 않은 방의 풍경을 생각했다. 쳇은 아무래도 괜찮을 것이다.

"잃어버린 이름들을 찾아 떠나기로 합시다. 그 대신 저와 함께 수상한 문도 찾아주셔야 해요."

민수는 희미하게 제안했다.

"합시다. 해요."

누가 말해도 또렷할 수 있는 문장들이 민수에게서
는 희미하게 새어 나왔다. 제안이 아니라 부탁, 희미
한 부탁의 모양을 하고 있었다. 진수는 동의의 의미
로 고개를 크게 끄덕였다. 고개를 크게 끄덕이자 문
장은 다시 또렷해졌다. 약속의 모양을 하게 되었다.

　　수상한 문을 찾는 일은 생각보다 아주 쉬운 일이
었다. 길을 따라 빙빙 돌아 건물의 뒷면을 보면 수
상한 문은 대체로 한 번도 열린 적 없는 듯한 자세
로 태연하게 건물에 달려있었다. 마치 문이 아니라
건물의 벽의 일부인 것처럼.

"저 위치에 문을 왜 만들었을까요? 굳이 저 위치에
뭔가 만든다면 창문이 들어갈 위치 아닌가."
"그렇네요. 문을 열면 낭떠러지네요."
"계단도 없어요. 비상구라면 비상계단이라도 있어
야 하는 거 아닌가요."

"비상시에 뛰어내리라고 만들었을까요?"

"뛰어내리면 죽을 것 같은 높이인데요."

"분명 수상한 문이지만, 저 문이 아무도 없는 세계로 향하는 문은 아닐 것 같아요. 계단이 없으니 올라갈 수도 내려올 수도 없겠네요."

"그런가요. 줄을 타고 올라간다거나 사다리를 타고 올라가면요?"

"문을 열 수 없지 않을까요."

"열지 못한다면 문이 아니겠네요."

"문의 모양이지만 문이 아니게 되네요."


둘은 잠시 서서 그 철문을 보았다. 소다색 불투명한 유리 너머로 무엇이라도 지나갈까 하는 마음이었다. 무엇인지는 볼 수 없어도 '있다'라는 것은 확실히 알 수 있는 정도로 불투명한 유리였다.


"왜 만들었을까요? 저 문을. 유리까지 제대로 해서요. 어떤 이유도 없어 보이는데요."

"이유 없는 문을 만들기에는 좀 힘들지 않을까요."

"그러면 힘든 일이니까 저 문에 이유가 있다고 생각하시나요."

"우리가 지금 아무 건물이나 만든다고 생각해보면요. 문을 만드는 일이 생각보다 호락호락한 일이 아닐 거라는 생각이 드는데요. 처음부터 설계 도면에 저 문도 들어가 있어야 하지 않나요."

"즉흥적으로 여기에 문을 만들자 해서 문을 만들 수도 있나요."

"있을 수는 있겠죠."

"그렇다 해도 즉흥적으로 만든 이유라도 있지 않을까요."

"어떻게 만들어졌든 이유가 있다고 믿으시는군요."

"네."


민수의 대답을 듣고 진수는 다시 문을 올려다보았다. 누군가가 지나가고 있었다. 문 너머가 아무도 없는 세계일 수는 없겠군. 생각하며 두 사람은 다시 걸었다.


　　수상한 문을 찾는 여정은, 여정이라고 하기에는 소극적인, 산책 정도에 그쳤다. 두 사람이 알고 있는 동네에서 여정은 시작되고 끝이 났으며, 이만하면 오늘은 되었다는 식이었다.

"이런 건 역시 만나는 것이 아니라 마주치는 거예요."

"만나는 것이 아니라 마주친다라…."

"네. 우리는 만나기 위해서 애쓰고 있으니 만날 수 없는 거에요."

"애쓰지 않으면 만나게 되나요?"

"아니죠. 마주치게 되죠. 적당히 애를 써서 두리번거리며 걷다 보면."

"적당히 애를 쓴다는 건 어떤 건가요."

"마주쳤을 때 놓치지 않을 정도로만 주의를 기울여 보는 거죠."


가든 타워를 만났을 때, 아니 마주쳤을 때 진수는 용케도 가든 타워의 한구석에 자리 잡은 식물 가게를 떠올렸다. 진수가 아는 서울의 수상한 문, 수상한 가게 중 하나였다. 두 사람이 가든 타워의 옆면을 돌아섰을 때, 평범한 체를 하고 있지만 절대 평범할 수 없는 식물 가게가 눈에 들어왔다.


"가든 타워의 식물 가게라, 멋지군요."

"어쩌면 이 구석이 지금 가든 타워를 가든 타워답게 만들어주고 있을지도 몰라요."

"그러기에는 이렇게 들여다보는 사람만이 알 수 있는 비밀같이 느껴지는데요."
"수상한 문을 찾는 사람들은 알 수 있겠죠."
"그럼 공공연한 비밀 정도로 해두면 되겠군요."


　　진수는 다시 문 너머의 이름 모를 식물들을 봤다. 이름을 모르는 것과 이름을 잃어버린 것은 얼마나 차이가 날까. 불러본 적 없는 이름과 분명히 부를 수 있던 이름을 다시 불러볼 수 없게 된 것은 어떤 차이가 있을까. 문득 이름을 몰라서 다행일 수도 있다는 생각이 들었다. 가진 적이 없으면 당연하게도 잃어버릴 수도 없게 된다. 그렇다. 문 너머의 식물들은 다행히도 낯설구나.


"여기는 사라진 이름들이 없나요?"
"네. 다행히 모두 모르는 이름들이에요."
"여기 있는 이름들을 다 안다면 선생님은 정말 선생님입니다."
"정말 선생님은 뭔가요."
"선생님이라고 할 만한 선생님이라는 거죠."

진수와 민수는 다시 걷기 시작했다. 큰 나무들이 가든 타워 앞에서 흔들리고 있었다. 진수는 나무를 따라 고개를 흔들어봤다. 그 순간 세계가 조금 흔들렸다. 세계가 흔들린다. 흔들리며 물렁해져간다. 세계가 물렁해져간다. 단단하지 않기 때문에 다행히 깨어지지는 않는다. 틈도 생기지 않는다. 단지 물렁해질 뿐이다. 물렁하기 때문에 표면은 계속 흐른다. 형체는 계속해서 바뀐다. 어떤 형태도 같은 형태는 없다. 어떤 형태도 정의 내릴 수 없다. 순간순간의 형태일 뿐이다. 진수는 집에 돌아와 테이블에 앉아 있었다. 이름들이 사라지고 있는 세계는 이렇게 물렁해져가고 있었다.

이름이 사라진 식물들이 물렁한 얼굴로 진수를 바라보고 있었다. 집에 있으니 잃어버릴 수 있는 이름도 집 안에 있는 이름들뿐이었다. 진수는 천천히 집 안의 모든 이름들을 살폈다. 냉장고 속의 모든 식료품을 살폈다. 냉동실도 빼놓지 않고 살폈다. 찬장 속의 모든 물건을 살폈다. 모든 책등을 살폈으며, 모든 CD를 살폈다. 이름이 사라진 자리는 모두 물렁했다. 진수는 물렁한 얼굴로 자신을 보고 있는 것들이 거북해지기 시작했다. 답답하지는 않았다. 진수는 테이블에서 일어나 방문으로 도망쳤다. 수상한 문이 집 안의 문이 될 수는 없을까. 민수의 말이 맞다면 그 세계가 어떻든 다른 세계로 가고 싶다는 충동이 들었다.

문, 문이 2개 밖에 없던 집에 살던 날을 생각했다. 하나는 화장실로, 하나는 바깥으로 향하는 문이었다. 그 집에서는 잃어버릴 이름도 적었을 텐데, 하지만 물렁해진 사물들을 피할 구석은 없었으리라. 생각했다. 다른 세계로 갈 수 있는 가능성도 적어졌으리라 생각했다.

그날 진수는 벽도, 문도 없는 방에 있는 꿈을 꾸었다. 벽이 없으니 문도 생겨날 수 없는 방이었다. 방의 바깥에는 코끼리가 있었다. 코끼리의 소리로 코끼리가 있다는 사실을 알 수 있었다. 벽이 없는 방은 방이 되기 위해서는 일종의 벽과 같은 장치가 필요했다. 언젠가 본 어느 드라마(이름이 사라졌다.) 속 장면처럼 붉은 커튼이 방을 만들고 있었다. 벽의 역할을 하고 있었다. '벽은 단단해야 하는데,

물렁하다니, 결국 물렁한 세계로 오게 되었구나.' 생
각했다. 진수는 애써 직선을 찾았다. 누군가가 이런
방에서는 도무지 직선이 생겨나지 않는데 어째서
그런 것을 찾느냐고 물었고, 누군가의 정체는 누군
가였다. 코끼리가 숨을 내뱉는 소리가 계속해서 들
려왔다. 마치 색소폰에서 침이 흐르는 소리와 같네.
진수는 언젠가 본 색소폰 공연을 생각하며 그 소리
를 떠올렸다.

*

코끼리가 발을 들자 부서진 세계에 대해서

붉은 방

벽이 없는 붉은 방은 붉은 커튼이 벽의 역할을 하
고 있다 벽은 단단한 물질이어야 한다는 전제하에
서 소파가 놓여도 모두가 안심할 수 있는 크기의 붉
은 방 너는 직선을 찾고 있었다 이런 방에는 도무
지 직선이 생겨나지가 않는데 어째서 그런 것을 찾
느냐고 누군가 물었고 너는 그렇기 때문에 찾는

다고 대답한다 도무지 도무지 중얼거리며 누군가는
누군가를 찾고 있다

벽이 없다니 어디에든 갈 수 있겠군요

누군가가 찾는 누군가는 어디에든 갈 수 있는 누군가

아 쇼파를 놓을 수 있을 만큼 큰 방에서 우리는 같
이 살고 싶었습니다 소파에서의 잦은 추락으로도
누군가 사라질 수도 있다는 사실을 알기 전까지 높
이가 있다면 무엇이든지 추락할 수 있다는 사실을
알기 전까지 직선이 없는 방도 방이라는 사실을 알
기 전까지 붉은 커튼 너머에도 방은 방이라는 사실
을 알기 전까지

어디라도 갈 수 있다면 그 어디에도 방이 있겠군요

코끼리의 눈꺼풀도 닫혔다가 열린 순간 목격한 것
에 대해서

거기는 우리가 온 곳이야 누군가가 외친다 거기야

말로 우리가 온 곳이고 갈 곳이야 거기서는 새들이
아름답게 노래해

 다시 코끼리가 발을 들면

 색소폰에서 침이 흐르는 소리

 무언가가 침몰하고 있다

5

동지

오후는 서서히 지나가고 있었다. 그 오후에 두 사람은 콩국수를 먹으러 가기로 했다. 진수는 '오후'가 사라지지 않은 일이 무척 다행이라고 생각했다. 모든 사라지지 않은 이름이 다행이지만, 그중에서도 특별히 '오후'가 사라지지 않은 일은 더욱 다행이라고 생각했다.

진수는 문득 지구평평설을 믿는 사람들이 나오는 다큐멘터리를 떠올렸다. 그리고 과학 시간의 태양과 달, 지구 모형이 움직이는 모습도 떠올렸다. 지구가 평평하면 오후가 생길 수 있나. 낮과 밤은 있을 테고, 낮이 아니라 오후의 감각은 있을 수가 있나. 점차 밤이 되는 것이 아니라 스위치를 켜고 끄듯이 낮과 밤이 되는 것이 아닐까. 민수를 기다리며 진수는 수상한 문을 찾으려 건물의 뒤편을 지켜봤다. 수상한 문은 없었으나 수상한 난간과 수상한 사람은 있었다. 수상한 사람은 이내 평범하게 담배를 피우기 시작했다. 난간에서는 서서히 지나가는 오후가 잘 보이겠구나.

"민수 선생님은 지구평평설에 대해 아시나요."

"저는 그런 건 믿지 않습니다."

"아신다는 건가요."

"네. 들어는 봤지만, 그럴 수는 없어요."

"제가 믿는다면 어쩌시겠어요."

"선생님, 정말로 믿으시나요?"

"거짓말입니다."

"정말로 믿으신다면 어디서부터 설명해야 하나 고민하고 있었습니다."

진수는 민수에게도 정말로 믿느냐고 묻고 싶어졌다. 믿고 있는 모든 것을 정말로 믿고 있냐고 묻고 싶어졌다. 나는 무엇을 믿지. 진수는 스스로에게도 묻고 싶어졌다. 지구가 둥글다는 것을 믿는다. 오후가 있다는 것을 믿는다. 이름이 사라지고 있다고 믿는다. 아무도 없는 세계가 있다고 믿는다. 정말로 믿고 있나.

"하지만 지구평평설을 믿고 있다는 사람들의 마음은 믿어요."

"믿어주시는 건가요."

"이렇게 지구둥글설이 당연한 세계에서 지구평평설을 주장하는 사람이라면 틀림없이 자기 자신을 믿는 사람들 아니겠어요."

"그렇군요."


　두 사람은 콩국수를 먹는 데에 실패했다.


'동절기에는 운영하지 않습니다.'


"맛있는 집인데 아쉽네요."


민수는 희미하게 투덜거렸고, 진수는 어쩔 수 없다고 생각했다. 희미하게라도 투덜거리는 민수는 정말로 콩국수를 좋아하는 사람이구나 생각했다. 두 사람은 콩국수집에서 가까운 미술관에 가기로 했다. 실패했다.


"예약하셨나요? 예약한 사람만 입장할 수 있습니다."


이번에는 진수가 또렷하게 투덜거렸고, 민수는 어쩔 수 없다고 생각했다. 미술관 앞의 벤치에 앉아

두 사람은 미술관을 드나드는 사람들을 한동안 지켜봤다.

"이 많은 사람들이 모두 예약을 하고 오다니, 다들 부지런하네요."

민수가 조심스럽게 말했다.

"우리는 부지런하지 못하네요."

진수도 조심스럽게 말했다.

두 사람은 궁의 담벼락을 따라 걸어보기로 했다.

"이쪽은 틀림없이 북쪽이에요. 북쪽으로 가봅시다."
"탐험가처럼 말하시네요."
"우리 탐험하고 있지 않나요."
"그렇죠. 탐험이죠. 오늘 오후는 이래저래 실패가 많은 탐험이네요."
"그렇습니다. 수상한 문도 잃어버린 이름도 찾지 못했네요."

"콩국수도 먹지 못했고요."
"부지런하지도 못했고요."


　　두 사람이 지나고 있던 작은 초등학교에 작은 수
영장이 있다는 사실을 알게 되었을 때, 해는 이미
지고 있었다.


"작은 수영장이 있나 봐요. 수영장 냄새가 나네요."
"아니에요. 이건 화장실 청소하는 세제 냄새에요."
"아니죠. 수영장 냄새에요. 누가 샤워도 했나 봐요.
환풍기에서 김이 나오잖아요. 따뜻하겠다."
"아니에요. 정말로 청소하는 락스, 락스 냄새에요."
"락스나 수영장이나 사실 매한가지 아닌가요. 그럼
같은 냄새네요."
"어떻게 락스와 수영장이 매한가지가 될 수 있죠."
"성분이라고 해야 할까. 그런 게 비슷한 거 아닐까요."
"사실 저는 수영장 냄새가 어떤 냄새인지 지금 잘
모르겠어요."


두 사람은 계속 걷고 있었다. 북쪽으로, 북쪽으로 걷
기로 했기 때문에 서로가 걷는 방향이 북쪽일 것임

을 믿으며 걷고 있었다. 진수는 해가 지는 방향으로 고개를 돌리며 왼쪽, 왼쪽이니까 북쪽이라고 생각했다.


"냄새로 싸울 수도 있다니 좋은 일이네요."

"싸운 것은 아닌 것 같은데요."

"저는 어렸을 때, 기억할 수 있는 만큼의 어린 나이였을 때 수영장이 있는 유치원에 다녔어요."

"부자 유치원이다. 부자 어린이."

"부자는 아니지만, 작은 유치원에 있는 작은 수영장이었는데, 부자라고 하시니 부자였다고 생각할게요. 수영장이 있는 유치원에는 수영 수업이 있답니다."

"당연한 말씀을 자랑처럼 하시는군요."

"그런가요. 아무튼, 저는 수영 수업 시간에 꼭 잠수를 했어요. 잠수를 하고 눈을 잘, 아주 잘 뜨면 따갑지 않게 물속을 다 볼 수 있거든요. 친구들의 허리가 보이고 엉덩이가 보이고 무릎이 발목이 발등이 보여요. 그게 저는 좋았던 것 같아요."

"좋았던 것 같은 건 뭔가요."

"아까 락스 냄새인지 수영장 냄새인지 아직 결정이 나지 않은 그 냄새를 맡았더니 발등이 보이잖아요.

눈앞에 발등이 둥둥 떠다녀요."

"물속에서만 가능한 거군요. 물속에서 눈을 뜰 수 있는 사람에게만 가능한 장면이군요."

작은 언덕을 넘자 산이 보이기 시작했다. 두 사람은 산의 이름을 알고 있었다. 서울에서 가장 많은 사람들이 알고 있는 산의 이름일 것이다. 두 사람은 여전히 북쪽을 향해 걷고 있었다. 산을 향해 걷고 있지는 않았지만, 산과 가까워지고 있었다.

"이제는 해가 일찍 지네요."

"곧 동지인가 봐요."

"동지, 동지. 제가 아는 그 동지일까요. 동지. 어이, 동지."

"절기 중 하나인 동지예요. 해가 가장 짧은 날. 동지."

진수는 수첩을 꺼내어 동지를 적었다. 어이 동지가 아닌 동지. 해가 가장 짧은 날. 절기. 민수는 잠시 산을 보며 진수를 기다렸다.

"이 동네에서는 안심할 수 있네요. 방향을 찾아야

할 때."

"그렇네요. 우리 무사히 북쪽으로 걸어왔네요."

모두가 아는 이름의 산 너머로 해가 넘어갔을 때, 두 사람은 가깝지도 멀지도 않은 거리에서 산을 지나고 있었다. 산의 윤곽이 보이기 시작하자 곧 동네는 어두워졌다. 산을 지나고, 해도 지고 난 뒤에는 방향도 사라졌다. 방향이 없는 채로 걷고 있었지만 두 사람은 여전히 북쪽으로 걷고 있었다.

무궁화 동산이 나타났을 때, 진수는 '무궁화'가 사라졌음을 알게 되었다. 진수는 또다시 수첩을 꺼내야 했다. 진수가 '무궁화'를 받아 적는 동안 민수는 묵묵히 진수의 손을 바라보았다.

"무궁화가 사라졌군요."
"네. 사라졌네요."
"이번 기회에 이 공원 이름을 새로 만들어보면 어때요."

두 사람은 큰 나무를 감싸는 둥근 벤치에 앉았다.
"공원 이름으로 어떤 것이 좋을까요. 그럴듯한 공원

이름."

"진수 공원."

"그런 공원이 어딨나요."

"여기 있다고 하면 있는 거죠."


진수는 허리를 펴고 공원을 둘러봤다. 침침한 가로
등에 그림자들이 가늘고 희미하게 움직이고 있었
다. 겨울의 공원에 앉아본 적이 있었나. '공원'이라
는 이름을 생각하면 무성한, 또는 무성해지고 있는
계절만이 떠올랐다. 또렷한 그림자가 촘촘하게 생
겨나고, 사람들은 나란히 앉고, 나란히 걷고, 말들은
두런두런 둘러앉는 계절의 공원. 다시 공원을 둘러
보니 거짓말같이 공원은 황량했다.


"겨울의 공원은 역시 황량하네요."

"그래도 금방 무성해질 거예요."

"거짓말."

"왜 거짓말이라고 하시는 거죠."

"봄은 아직 멀었잖아요."

"그래도 봄이 오기만 하면 정말로 금방 무성해질 거
예요."

"거짓말."

"또 거짓말이라고 하시네요."

"재밌어서요."

진수는 작게 웃었다. 벤치는 차가웠다. 건너서 옆 벤치에는 할머니들이 앉지 않은 채로 이야기를 나누고 있었다. 진수와 민수는 잠시 이야기를 멈췄고, 그 틈으로 할머니들의 이야기가 들려왔다.

"집, 집이 문제야."

"지금 사는 집이 집이야?"

"내 집은 아니지만 집이지. 살고 있으면 거기가 집이지."

"그럼 온 세상이 집이게?"

"그럴 수는 없지."

진수는 할머니들의 대화에 끼고 싶었지만 대신 어둑해진 민수의 얼굴을 바라봤다. 진수는 할머니들의 대화에 끼이는 대신 민수에게 다시 말을 걸기로 했다. 다시 할머니들의 목소리는 멀어졌다.

"골목을 걷다가 누군가의 집 앞에 의자가 나와 있으면 거기 앉으실 수 있어요?"

"아니요. 주인이 있을 것 같아요. 못 앉을 것 같아요."

"그럼 주인이 있는 의자는 주인이 아닌 사람에게는 의자가 아닌가요."

"그래도 의자는 의자인데, 앉을 수 없는 의자인 거죠."

"그럼 반대로 앉을 수 있는 것이 다 의자가 될 수는 없는 건가요."

"의자의 한 종류가 될 수 있겠죠. 벤치처럼."

"벤치에는 왜 이렇게 쉽게 앉게 될까요. 언제부터 알게 되는 걸까요. 벤치에 아무나 앉아도 된다는 건."

"그렇네요. 누구나 앉아도 되는 의자라는 걸 태어났을 때부터 알지는 못했겠죠."

"태어났을 때부터 알고 있던 건 어떤 걸까요."

"다시 태어나봐야 알 수 있겠는데요. 너무 오래된 일이라 까먹었어요."

"거짓말."

"어떤 말이 거짓말이라는 거죠."

"까먹었다는 말이요."


할머니들의 그림자가 희미하게 공원을 나가고 있었

다. 민수는 허리를 고쳐 펴며 일어섰다. 진수는 허리를 조금 더 숙였다. 바짓단에 묻은 흙을 털어내고, 어두운 공원의 바닥을 살폈다. 움직이는 것은 아무것도 없었다.

"진수 선생님 공원 이름을 정했습니다."

"거짓말."

"거짓말 공원입니다. 여기는 이제."

"공원 이름이 그러면 안 되죠."

"됩니다. 되는 걸로 합시다."

"이름이 그러니까 거짓말만 해야 할 것 같아요."

"그럼 거짓말만 해야 하는 공원, 거짓말 공원, 좋네요."

"아무래도 수목원에 가야겠어요."

두 사람이 공원을 나설 때 진수는 생각나는 대로 말을 말했다. 아무래도 수목원을 가봐야겠다.

"수목원에는 이름이 많으니까, 잃어버린 이름도 많을 거 같아요."

"좋은 생각이네요."

"저는요, 이름을 정말로 많이 알고 싶었어요."

"과유불급입니다."

"과유불급이네요."

"이름을 많이 알기 위해서 어떤 걸 했어요?"

"미술관에 가고, 수목원에 가고, 영화관에 가고, 독서 모임에 갔죠."

"한량의 삶이네요."

"이런 식으로는 이름만 많이 알고, 의자도 없고, 집도 없는 사람이 되겠다고 생각했어요."

"온 세상이 집이라고 하던데요. 아까 할머니가."

"거짓말이에요. 거짓말 공원이니까."

"그렇군요."

"이제는 이름도 모르고, 의자도 없고, 집도 없는 사람이 되었네요."

"슬픈 일이네요."

"슬픈가요."

"아니요. 사실은 슬프지는 않습니다."

"거짓말."

"거짓말 공원을 벗어났으니, 이제 거짓말은 서로 하지 않기로 해요."

"알겠습니다."

거짓말을 하지 않기로 하고 두 사람은 한동안 말을
할 수 없었다. 각자의 말이 거짓인지 아닌지 고민할
수밖에 없었다. 진수는 소리 없이 걷는 민수의 발을,
그리고 손을 몰래 봤다. 손을 보는 행위는 왜인지
몰래 이뤄져야 할 것 같았다.


"진수 선생님, 저는요 제 이름이 사라졌으면 했던
적이 있었습니다."

"거짓말이 아니군요."

"네. 정말로 사라졌으면 했습니다. 이름이 사라진다
면, 아무도 부를 수 없다면 좋겠다고 생각했습니다."

"그랬군요. 지금도 그렇나요."

"그건 비밀입니다."

"거짓말 공원처럼요. 이름이 사라져도 새로운 이름
을 만들 수도 있잖아요."

"그럴 수도 있네요."

"그러니 이름이 사라졌으면 하고 바란다고 해도, 누
군가가 이름을 만들어버리면 어쩔 수 없이 또 이름
이 생겨나게 될 거에요."

"어리석은 일이라는 말을 하고 싶으시군요."

"그렇습니다. 만수 선생님. 이제 민수 선생님은 만

수 선생님입니다."

민수는 작지는 않지만, 크지도 않게 웃었다. 민수는
제법 또렷이 웃고 있었다.

만수, 민슈, 맨수……

진수는 민수의 새로운 이름을 지어내며 몰래 웃었
다. 몰래 웃었지만 민수도 알고 있었다. 그날 진수는
멀어지는 민수의 뒷모습을 두 번 다시 돌아봤다. 그
리고 민수도 알고 있었다. 모든 것을.

6

미래

다시 어느 오후, 오후가 제자리에 반듯이 놓여있던 오후에 진수는 혼자 걷고 있었다. 민수에게서 어떤 연락도 받지 못한지 5일이 지난 날이었다. 진수는 어색함에 코트를 매만졌다. 어색하다. 코트 주머니 속 수첩을 만졌다. 역시 어색하다. 코트 안에 입은 원피스도 어색하다. 신발도 어색하다. 진수는 번듯한 아파트 단지를 다시 찾았다. 병원과 약속한 일주일이 훌쩍 지난 뒤였지만, 약속을 완전히 어겨버리면 안 될 것 같다는 기분이 들었기 때문에 다시 찾았다.

간호사 선생님은 여전히 친절했다. 병원을 나서는 진수에게 귤을 2개 쥐어줬다. 의사 선생님도 여전히 착실했다. 진수는 별일이라 부를 일이 없는 근황을 이야기했다. 의사 선생님은 성공적으로 의아한 표정을 숨겼다. 진수는 일하는 카페에 대해 이야기하며 이달의 커피를 마시러 오시라고 권하기까지 했다.

병원에서 나오며 진수는 이 동네의 수상한 문을 찾아보기로 했다. 민수 없이 수상한 문을 찾아버리면 어쩌지. 걱정이 되기도 했다. 민수 없이 수상한 문이 수상한 문인지 정말로 알 수 있을까. 혼자만의 판단으로 수상하다고 결정해도 좋은 걸까. 혹시나 간판도 거꾸로 달려있지는 않은지 확인하며 걸었다. 어떤 간판도 거꾸로 달려있지 않았다. 수상한 문이 있기에는 너무 반듯한 동네였다.

걷다가 영화관을 가기로 했을 때, 진수는 잃어버린 이름을 또 찾으리라는 무기력한 기대를 하고 있었다. 영화관에서는 히치콕 특별전이 한참이었다. 히치콕의 이름은 멀쩡히 제자리에 있었다. 진수는 이제는 이런 일이 다행이라고 느껴지지 않았다. 언제 사라질지 모른다. 언젠가는 사라질 이름이라고 생각했다. 그리고 이제는 사라져도 어쩔 수 없다. 다시 자음과 모음을 받아쓰면, 그러면 될 뿐이다. 그렇게 물렁해진 표면을 애써 잡아보면 된다. 지도를 그려보면 된다.

시간이 맞는 영화는 '반드리카 초특급'뿐이었다. '반드리카 초특급'은 귀여운 영화였다. 두 사람은 기차 안을 헤맸고, 기차는 거짓으로 만들어진 배경 위를 달리고 있었다.

민수도 영화 속 프로이 부인처럼 누군가의 모략으로 사라진 것은 아닐까. 아니다. 민수는 누군가의 모략으로 사라질 사람은 아니다. 스스로 사라질 사람이다. 진수는 영화 속 음악을 속으로 따라 부르며 자리에서 일어서는 사람들을 바라봤다. 빨간 스웨터를 입은 미래, 미래가 있었다.

미래가 사라지고 있었다. 간신히 발음하기 직전에 미래는 사라졌다. 진수는 끝내 미래를 발음하지 못했다. 미래는 진수를 봤다. 진수도 미래를 봤다. 미래는 지극히 일상적인 속도로 걸어 나갔다. 도망치고 있었다. 진수는 도저히 말을 붙일 수 없었다. 어떤 문장도 시작할 수 없었다. 미래의 등을 쳐다보고 싶었지만 쳐다보면 안 될 것 같은 예감이 들었다. 미래. 미래와 함께 좋아한 것들을 생각했다. 미래와 함께 미워한 것들을 생각했다. 미래와 함께 샀던 화병을 생각했다. 진수는 미래가 산 화병이 더 마음에 들었고, 미래는 진수가 산 화병이 더 마음에 들었다.

이대로 앉아서 영화관이 표류했으면 좋겠다. 언젠가 본 어느 건축가의 어느 극장처럼. 사라진 이름

앞에서 진수가 떠올릴 수 있는 것은 베네치아에 떠 있던 극장의 이미지였다. 도무지 물에 떠 있을 수 없게 생긴 건물이 둥둥 떠 있는 이미지. 영화관의 창문으로 해안이 보이는 상상을 했다. 미래는 해안에 서 있었다. 이대로 떠내려갔으면 좋겠다. 해안에 모두 두고 떠내려갔으면 좋겠다. 영영 표류하였으면 좋겠다. 좋아하는 것들도 미워하는 것들도 모두 해안에 두고 빈손으로 표류했으면 좋겠다. 이름들이 없어서 부를 수 없는 망망대해를 표류했으면 좋겠다. 부르기에 실패할 수 없는, 실패도 없는 망망대해를 표류했으면 좋겠다.

진수는 가까스로 수첩을 꺼냈다. 휴대폰을 옆에 켜 두고 '미래'를 받아썼다. 한참 동안 '미래'를 검색하여 읽었다. 미래의 사진도 봤다. 미래의 얼굴을 봤다. 사진 속 미래는 춤을 추고 있었다.

미래

과거는 오래된 것, 미래는 과거의 반대, 어쩌면 미래도 과거만큼 오래된 것. 미래는 오랫동안 오고 있는 것. 오랫동안, 과거가 있었던 시간만큼 오고 있던 것. 미래, 친구의 이름, 빨간 옷이 잘 어울리는 미래. 가장 오래된 친구. 현재는 아님, 내일, 다음 주, 1년 뒤, 10년 뒤, 다가오는 시간. 표준 국어 대사전에서 미래는 다음과 같았다. 앞으로 올 때. 삼세(三世)의 하나. 죽은 뒤에 다시 태어나 산다는 미래의 세상을 이른다. 발화(發話) 순간이나 일정한 기준적 시간보다 나중에 오는 행동, 상태 따위를 나타내는 시제(時制).

진수는 시를 써야겠다고 생각했다. 잃어버린 이름으로도 어쩌면 시를 쓸 수 있을지 모른다.

미래는 왔다. 미래는 온다. 미래는 어떤 노력도 없이 온다. 거저 온다. 나는 의자에 앉아있다. 미래는 빈손으로 왔다. 미래는 춤을 춘다. 미래는 지나간다. 미래는 빨간 옷이 잘 어울린다. 미래는 오래된 것. 오래된 것은 유물, 유물이 된다.

*

의자에 앉아있었을 뿐인데 미래는 거저 왔다. 오래된 춤을 추고 있다, 너는. 빈손으로. 빈손으로는 아무것도 가질 수 없지만 아무것이나 가질 수 있었다. 오래된 춤은 오래된 노래, 오래된 다리, 오래된 팔이 필요하다.

춤을 추면 다 지나갑니다.

춤을 추고 있었을 뿐인데 미래는 도착했다.

미래는 빨간 옷이 잘 어울리는데 빨간 옷을 입지 그러니. 미래는 무엇이든지 될 수 있는데 왜 아무것도 되지 않고 있니. 미래는 진짜 이상하네.

의자에서는 시간이 잘도 가지. 춤을 추는 미래를 보다가 다 지나갔다.

우리가 앉을 의자가 삭아버린
어느 날.

그래도 의자는 의자였고 미래는 미래였는데

누군가가 의자를 위한 자리를 만들기 시작하는 순간
의자는 거저 유물이 되었다

우리는 앉을 수 없었다

7

모양

민수가 돌아온 날은 어느 날이었다. 어느 날 민수는 돌아왔다. 돌아왔다고 진수가 생각한 것은 민수가 어디론가, 이곳이 아닌 어디론가 다녀왔을 만큼의 시간이 지난 후였기 때문이었다. 한 달은 아니었지만, 보름도 아니었지만, 일주일의 시간은 어디론가 다녀오기에 충분한 시간이었다.

정말로 민수는 돌아온 사람처럼 걸어왔다. 멀리서, 멀지 않은 곳에 다녀왔을지라도 아주 멀리서부터 걸어온 사람처럼 걸어 들어왔다. 여전히 몸이 들어올 만큼만 문을 열고 들어섰지만 민수는 분명히 달라 보였다. 진수는 닦고 있던 컵을 내려놓고 민수를 바라보았다. 민수는 웃고 있었다. 진수는 민수의 표정을 거울처럼 따라 해보았다. 민수가 안고 온 수첩도 멀리서, 어딘가에서 돌아온 듯한 모습을 하고 있었다.

"드릴 것이 있어서 왔습니다."
"오랜만이네요. 만수 선생님."
"민수입니다. 일주일이면 오랜만이라고 할 만 한가요."
"오랜만이라고 말하고 싶어서요."

"그 사이에 어딘가…… . 다녀왔습니다."

"어딘가는 어디에 있었나요."

"어딘가는 분명히 있었습니다."


민수가 말하는 발음들이 또렷하게 카페를 채웠다. 진수는 발음들을 놓치지 않으려 애썼다. 어딘가, 분명히, 있었습니다.


"어딘가에서 진수 선생님에게 보여줄 글을 썼습니다. 다 읽으시거든 연락주세요."


진수는 수첩을 받아 들었다. 진수는 민수에게 혼자 걸은 일, 수상한 문을 혼자 발견할까 걱정한 일에 대해 말하고 싶었다. 미래. 미래와 영화관에서 마주친 일에 대해 말하고 싶었다. 표류하는 극장에 대해 상상한 일을 말하고 싶었다. 이름을 부를 수 없는 망망대해로 가고 싶었던 일을 말하고 싶었다. 하지만 어떤 말도 할 수 없었다. 민수는 수첩을 건네고는 또렷하게 돌아섰다.


수첩에는 다음과 같이 쓰여있었다.

첫 번째 날

진수 선생님에게

진수 선생님, 정말로 아무도 없는 세계에 오게 되었습니다. 진수 선생님 없이 걷던 골목에서 수상한 문을 발견하였습니다. 진수 선생님이 없는 것이 다행이라 생각했습니다. 진수 선생님과 함께 발견했다면, 함께 오고 싶었다면, 그래서 정말로 함께 왔더라면, 여기는 아무도 없는 세계가 아니게 되니까요. 그래서 다행이라 생각했습니다. 함께 오지 못해서 미안하다고 생각하기도 했습니다. 이유는 모르겠습니다. 언젠가 아무도 없는 아파트 복도에서 감탄한 적이 있습니다. 어떤 인적도 없어 거의 완벽히 아무도 없는 세계 같다고 생각했었지요. 정말로 아무도 없는 세계에 오니 그 공기가 생각났어요. 아무도 없는 아파트를 나가면 또 아무도 없는 아파트 단지, 또 아무도 없는 상가, 또 아무도 없는 거리. 눈으로 확인하고도 사실 믿기 어려웠습니다. 지금도 확신을 가지지는 못하겠습니다. 더 지내봐야 알겠죠. 매일 글을 쓰겠습니다. 진수 선생님에게.

두 번째 날

진수 선생님에게

진수 선생님, 두 번째 날입니다. 아무도 만나지 못했습니다. 무척 조용합니다. 아무도 없는 세계에는 비둘기도 없습니다. '아무'에 동물도 포함되는 걸까요. 아무도 없는 세계는 이름이 소용없는 세계이기도 합니다. 누구의 이름도 말할 필요가 없습니다. 아니 어쩌면 말을 할 필요가 없습니다. 제 이름을 만들어낼 수 있다던 진수 선생님의 이야기를 잠시 생각했습니다. 저는 정말로 오랫동안 사라지고 싶었습니다. 사라지기 위해서는 이름이 먼저 사라져야 한다고 생각했습니다. 진수 선생님이 이름들이 사라지고 있다고 고백했을 때, 저는 제가 오랫동안 염원해온 일이 어쩌면 가능할지도 모른다는 사실에 슬퍼졌습니다. 기쁘지 않았습니다. 영화에서처럼 사람들에게 이름들이 사라지는 증상이 점점 퍼지게 된다면? 서로가 서로를 부를 수 없게 된다면? 슬프고도 다행이겠다는 생각이 들었습니다. 저는 그제서야 사라질 수도 있겠죠. 다행히 이름이 사라지지 않고도 이렇게 아무도 없는 세계로 오게 되었습니다. 이름이 소용없는 세계로 오게 되었습니다. 그래도 진수 선생님이 만들어 준 이름은 그 세계에서 부디 무사하기를 바랍니다. 그 이름은 진수 선생님이 만들었으니, 진수 선생님만의 섬입니다.

## 세 번째 날

진수 선생님에게

진수 선생님, 이곳에서의 세 번째 날입니다. 오늘은 여기를 뭐라고 부르면 좋을까 고민했어요. 아무도 없는 세계라고 하기에는 제가 오게 되었으니 거의 아무도 없는 세계라고 해야 할까요. 오늘도 아무도 만날 수 없었어요. 해가 지기 전에 걸어서 다녀올 수 있는 가장 먼 곳까지 가보겠다고 나섰는데요, 남쪽으로 꽤 멀리까지 갈 수 있었어요. 무작정 남쪽으로 걸어보자 하고 걸었는데, 목적지를 정하지 않으니 괜히 무섭더라고요. 아직 여기가 정말 저쪽 세계랑 완벽하게 같은 모양을 하고 있는 지 확신도 없구요. 영화에서 보면 그런 식으로 떠난 주인공은 늘 길을 잃고 원래의 자리로 돌아오지 못하게 되잖아요. 뭐 주인공이니까 다행히 죽지는 않고 좀 떠도는 정도겠지요. 주인공이 아니라면 죽기도 하고요. 저는 여기 거의 혼자 있으니 죽지는 않지 않겠죠. (네. 지금 스스로를 주인공이라 생각하고 있어요. 비웃지 마시길...) 아무튼 진수 선생님이 말한 수목원까지 다녀왔어요. 세시간 정도 걸렸답니다. 생각보다 오래 걸리지 않아서 다시 돌아가게 된다면 또 걸어서 갈 수 있을까 생각했어요. 돌아가게 된다면. 돌아가게 된다면 이라고 생각하는 게 돌아가고 싶어서 일까요. 아직은 모르겠습니다. 수목원은 좋았습니다. 튼튼한 식물들이 아주 많았고요. 이제 조용하다는 말은 더는 쓰고 싶지 않지만, 정말로 조용했습니다. 넓은 잔디밭에서 큰 나무도 보고, 온실도 다녀왔어요. 무슨 종교 관련 식물원이 있었어요. 웃기죠. 보리수랑 뭐 성서에 나온다는 식물들이 있었는데 모든 종교가 짬뽕으로 섞여 있었어요. 뭐 부처님도 예수님도 나무 밑을 지나가긴 했으니 영 이상한 일은 아닌 걸까요. 이 이야기를 진수 선생님은 믿어줄 거라고 믿어요. 진수 선생님을 너무 쉽게 믿고 있는 것 같아요. 좀 덜 믿어야 할까요. 저는 누구도 믿어본 적이 없다고 자신했는데요. 물론 제 자신도요. 진수 선생님도 뭘 잘 믿는 사람 같지는 않았는데, 꼭 믿어줘야 할 것은 믿잖아요. 믿어줘야만 하는 일이요. 대단한 능력입니다. 다시 만나게 된다면 가르쳐 주세요. 아, 그리고 오늘은 과일가게에도 다녀왔어요. 놀랍게도 꽤 신선한 과일들이 잘 놓여져 있었어요. 마치 오늘 새벽에 과일가게 주인이 준비해둔 것처럼요. 그렇다고 해서 사람이 있는 것 같지는 않구요. 멜론이 5,000원이라 마침 갖고 있던 오천원 짜리 한 장을 두고 가져왔답니다. 멜론을 먹으면서 일기를 쓰고 있어요. 이게 일기인지 편지인지 아직은 잘 모르겠지만요. 거의 아무도 없는 세계는 너무 알수 없는 일이 많은 세계네요.

네 번째 날

진수 선생님에게

네 번째 날입니다. 만나지 않고 마주치기에 대해 생
각했습니다. 만나기로 하면 마주칠 수가 없죠. 마주
치기 위해서는 약속이라는 전제 조건이 없어야 하
죠. 만나고 싶지 않다는 말은 의도대로 될지 몰라도
마주치고 싶지 않다는 말은 의도대로 되지 않을지
도 모릅니다.

아무 말도 하지 않은지도 네 번째 날이 된 셈입니
다. 혼잣말도 하지 않았습니다. 혼잣말을 해도 이상
하게 여길 사람도 없는데 말이에요. 혹시 그사이에
제게도 이름들이 사라지는 일이 벌어진 건 아닐까
싶어, 이름들이 제자리에 있는지 살폈습니다. 다행
인지, 불행인지 모두 제자리에 있었습니다.

무성해진 거짓말 공원에 다시 가게 된다면 우리의
표정이 같았으면 좋겠습니다. 골목의 의자에도 앉
아볼 수 있으면 좋겠습니다. 하절기의 콩국수를 먹
을 수 있으면 좋겠습니다. 아무도 없는 세계에 온
사람치고는 모순적인 바람입니다.

다섯 번째 날

진수 선생님에게

오늘은 수요일입니다. 수요일일 것입니다. 수요일인 것이 중요하냐고 묻는다면, 그렇습니다. 중요하지 않습니다. 선생님의 꿈 이야기처럼 요일에 대해이야기 나눌 사람은 없으니까요. 그래도 중요합니다. 수요일이 있어야 목요일이 있고, 일주일이 생겨나고 한 달이 생겨나고 또 1년이 생겨나니까요. 또그런 것이 왜 중요하냐고 묻는다면, 이쪽 세계가 있다면 저쪽 세계도 늘 있을 테고, 언젠가 돌아갈지도모르니까요. 이렇게 쓰다 보니 돌아갈 수도 있다고생각하고 있나 봅니다. 어쩌면 돌아가도 좋다고 생각할지도 모르지요. 제가 생각하는 것을 어떻게 모를 수 있냐고 묻는다면, 모르고 싶기 때문입니다. 모르고 싶다는 말은 좀 오만한가요. 알고 있다는 뜻이되기도 하니까요.

여섯 번째 날

진수 선생님에게

특이 사항이라곤 없는 날이었습니다. 집에만 있었습니다. 오랫동안 읽지 못했던 책을 읽었습니다. 2권짜리 책은 살 때에는 비장해지지만, 대체로 2권까지 읽어내기 힘드네요. 특성 없는 남자에 대한 책인데, 특성이(그렇다기보다 생각이) 무척 많은 남자이기도 합니다. 실은 이 책을 독서 모임에서 함께 읽자고 건의하고 싶었지만, '건의'는 저와 어울리지 않는 단어라는 생각에 건의하지 못했습니다. 건의했더라면 이동진 선생님께서 틀림없이 좋아하셨으리라 생각합니다. 무려 20세기 가장 중요한 독일어 소설 1위에 빛나는 소설이거든요.

독서 모임에서 웃으실 때마다 언젠가 진수 선생님께 아무도 없는 세계에 대해 이야기 할 수 있겠다고 생각했습니다. 진수 선생님이 웃는 지점마다 저도 웃고 싶었거든요. 함께 웃을 수 있다는 건 좋은 일입니다. 함께라고 쓸 수 있다는 건 좋은 일입니다.

일곱 번째 날

진수 선생님에게

거리의 모양이 선명히 보입니다. 7일 동안 아무것도 낡지 않았어요. 모두가 있는 세계와 비슷하게 낡아 있거나 비슷하게 새로워 보입니다. 아무도 없는 세계는 거대한 폐가와 같을 것이라고 막연히 생각했는데, 폐가 이야기를 해주셨던 것이 기억이 나네요. 이 세계는 거의 아무도 찾지 않아도 무사히 제 모양을 지키고 있습니다. 표정이 없는 얼굴처럼요. 표정이 없는 얼굴은 좀 오싹한가요. 아무도 없는 세계에는 오싹할 겨를이 없습니다. 아무도 없으니까요. 아무도 없다는 사실을 생각할 때마다 불쑥불쑥 다행이라는 생각이 듭니다. 눈이 왔으면 좋겠다고 생각했습니다. 아무도 없는 세계에서는 눈이 와도 거리가 더러워지지 않을 거라는 생각이 들어서요.

진수는 수첩을 덮었다. 모양, 모양. 모양이 사라
졌다. 진수는 주머니 속에서 수첩을 꺼내어 모양을
적었다. 휴대폰을 꺼내어 모양을 검색했다. 모양,
Shape.

민수 선생님에게

편지를 많이 쓰는 인간은 불행하다는 말을 어디선
가 읽었어요. 그 말이 반쯤은 맞고 반쯤은 틀렸다고
늘 생각했지요. 편지를 일곱 통 쓰시는 동안 불행하
셨던 걸까요. 행복하셨던 걸까요. 반쯤은 불행하고
반쯤은 행복하셨을까요. 편지인지 일기인지 모르겠
다고 하셨으나, 수신인을 붙였으니 저는 편지로 읽
었습니다. 그래서 답장을 쓰기로 했습니다. 선생님
이 아무도 없는 세계로 가있던 동안 저는 이름 없이
도 이름에 대해서 시를 쓰는 법을 익혔습니다. 모양,
사라진 '모양'으로 쓴 시로 답장을 보냅니다. 눈이
왔으면 좋겠습니다.

모양의 거리


아,
눈에 덮인 것은 웬만하면 죽은 것이라지

그는 걷고 있었다
모든 우연은 폐기되었다
집들은 흩어졌다
거리는 남는다

영원히
모양으로

모양을 걷기 위해서 모양에 대한 정의가 필요할지
도 몰라

그가 꺼낸 사전에 모양은

이탈리아는 장화 모양이다

인간의 모양을 한 천사
어렴풋한 모양이 안개 속에서 나타났다
미래의 모양은 어떻게 될 것인가
모양 누군가의 계획

다시
눈에 덮인 것은 모양이지만 모양이 아니기도 했다
그래서 죽은 것
혹은 죽은 것이 아니기도 한 것

다시
흩어진 집들

그 집은 나쁜 모양을 하고 있었다고들 하지
문은 너무 컸고
창문은 너무 작았지
담벼락은 사라졌지
눈에 덮였지

실은
그는 당신이고

거리를 걷고 있다면
영원히 걷고 있다면
혹은 영원히 모양하고 있다면


나는 상상해
모양의 거리의 표지판을

*

작가의 말

이름을 잃어버리는 사람에 대해 써야겠다고 생각했을 때, 어떤 이름들을 잃어버리고 싶었습니다. 정말로 이름들을 잃어버릴 수 있다면 어떨까. 상상해보기도 하고, 그런 증상을 찾아보기도 했지만 이름을 잃어버리는 일은 쉽고도 어려웠습니다. 그리고 이상한 일, 누구나 믿기 힘든 일이라는 사실을 알게 되었습니다.

믿음에 대해 오랜 시간 생각했습니다. 우리가 믿는 것들, 믿기로 하는 것들. 믿으면 정말로 생겨나는 것들. 문을 열기 전에 바깥의 세계는 없다고 믿으면 바깥의 세계는 없게 될까요. 창문을 열면 들어오는 바깥의 냄새들을 내가 맡기 전에는 없던 냄새라고 믿으면 없었던 사건이 될까요. 믿음으로 생겨나는 세계에 대해 궁금해지기 시작했습니다. 우리가 믿는 것은 대부분 믿을 법한 것인가요. 혹은 우리가 이미 믿기로 했기 때문에 믿을 법한 것이 된 걸까요.

결국 믿음도 의지가 향하는 방향에 따라 생겨난다는 생각을 하게 되었습니다. 어쩌면 믿음은 약속과 같으리라는 생각도 하게 되었습니다.

우리가 부르는 이름에도 이 믿음과 약속이 작용합니다. 부르기로 한 대로 불러야 하고, 부르는 이름이 틀림없이 맞을 것이라는 믿음이 필요하니까요. 책상을 책상이 아니라고 믿지 않는 사람에게 책상의 이름은 책상이 될 수 없을 테니까요.

이름을 가능한 많이 부르고 싶지만 이름을 잃어버리고 있는 사람과 이름을 부를 일이 없는, 아무도 없는 세계로 가고 싶은 사람은 앞으로 어떻게 살아가게 될까요. 두 사람이 어떻게 걷고 이야기할지 함께 상상해주세요.

2021년 8월 정다정.

**정다정**

Jeong Dajeong

세 권의 책을 썼습니다. 모래알이 모이면 사막이 된다고 믿습니다.

오늘도 모래알의 몫을 잘 해내고 싶습니다.

**정다정이 독립출판으로 펴낸 작품집** 25 (2016), 1999년 12월 31일의 조지해리슨 (2017), 나는 너의 눈썹을 알고 (2017)

BYEOL BIT DEUL

별빛들은 기존의 방식과 형식으로부터 자유로우며 독립적으로 활동하는 문학 작가들과 협업, 그들의 작품을 대중들에게 소개하는 문학 출판사입니다.

별빛들은 독립적으로 문학활동하는 작가와의 협업을 통해 '문학'과 '출판'과의 관계를 유연하게 만들고 엄격한 기준과 검열의 과정 없이도 탄생되고 있는 작가의 예술적 가치를 소개하여 문학의 다양화, 출판의 민주화를 유발하려 합니다. 나아가 다양한 영역에서 독립된 자아실현이 이루어지는 우리 사회를 응원합니다.

별빛들   작품선

01 이광호 우화집     숲 광장 사막

02 이학준 수필집     그 시절 나는 강물이었다

03 김고요 시집     나의 외로움을 궁금해하지 않는 사람들에게

04 서현범 시집     마음의 서술어

05 엄지용 시집     나란한 얼굴

06 김경현 산문집     이런 말이 얼마나 위로가 될지는 모르겠지만

07 박혜숙 에세이     잔잔하게 흘러가는 동안에도

08 오수영 산문집     깨지기 쉬운 마음을 위해서

09 최유수 에세이     너는 불투명한 문

10 정다정 소설     이름들

# 이름들

초판 1쇄 발행    2021년 9월 8일

지은이    정다정
펴낸이    이광호
편집    정다정, 이광호
디자인    yonidrawing, 이광호
드로잉    yonidrawing

펴낸곳    별빛들
출판등록    2016년 8월 10일 제 2016-000022호
전자우편    lgh120@naver.com
홈페이지    www.byeolbitdeul.com

ISBN 979-11-89885-89-2
ISBN 979-11-89885-06-9(세트)